SOCRATE

DANS LE TEMPLE D'AGLAURE,

POËME.

SOCRATE

DANS LE TEMPLE D'AGLAURE,

POËME

Qui a remporté le prix décerné par l'Institut dans sa séance publique du 6 nivose an XII.

Virtutem videant.
(Pers. sat. 3.)

PARIS,

BAUDOUIN, IMPRIMEUR DE L'INSTITUT NATIONAL.

NIVOSE AN XII.

Dans sa séance publique du 20 vendémiaire an XI, l'Institut avait proposé pour prix de poésie ;

La vertu est la base des républiques. (*Montesquieu*, liv. III, chap 2 et 3.)

Dans la séance publique du 6 nivose an XII, le prix a été décerné au poëme, nᵒ XI, intitulé :

Socrate dans le temple d'Aglaure, ayant pour épigraphe : *Virtutem videant.* (Pers. sat. 3.)

L'auteur de ce poëme est M. Raynouard (du Var).

NOTE PRÉLIMINAIRE.

A Athènes, les jeunes gens parvenus à l'âge de vingt ans se faisaient inscrire au rang des citoyens, et prêtaient dans le temple d'Aglaure un serment dont la formule a été conservée par Stobée et Pollux. Elle a été traduite par M. l'abbé Massieu dans les *Mémoires de l'Académie des inscriptions*. Voici l'imitation abrégée qu'on en trouve dans le *Vindiciae contra tyrannos*, quæst. 3 :

« Pugnabo pro sacris, pro legibus, pro aris et
» focis, sive solus, sive cum multis ; et, ne patriam
» meam deteriorem quàm accepi posteris tradam,
» omnibus viribus enitar. »

Le serment était terminé par ces mots : « Je
» prends à témoins Aglaure, Eugalius, Mars et
» Jupiter. »

S'il faut en croire Ulpien sur Démosthène, *De*

falsa legatione, lors de la guerre d'Eumolpe contre Erecthée, les Athéniens consultèrent l'oracle d'Apollon. Il répondit que les malheurs de la guerre cesseraient seulement lorsque quelqu'un se dévouerait pour la patrie. Aglaure, fille de Cécrops, se dévoua volontairement à la mort. Les Athéniens délivrés lui consacrèrent un temple. Voyez MEURSIUS, *Athenae atticae,* liv. I, chap. 7.

SOCRATE

DANS LE TEMPLE D'AGLAURE,

POËME.

~~~~~~~~~~

Vous à qui le Français, libre du joug des rois,
A daigné confier son espoir et ses droits,
O du bonheur public sacrés dépositaires!
Le peuple attend de vous des exemples austères:
D'un emploi glorieux vous êtes revêtus;
A la hauteur du rang élevez vos vertus.

Voyez-vous du faisceau l'image symbolique?
Elle offre le secret de la force publique:
Qu'en un centre commun les pouvoirs rapprochés
Par le nœud des vertus soient toujours attachés.
~~~~~~~~~~

Mais il ne suffit pas qu'au sort de la patrie
Chacun de vous consacre et sa gloire et sa vie :
Soumettez l'avenir à votre autorité ;
Donnez à nos vertus une postérité.
Que d'utiles leçons, que des coutumes sages,
Sous le joug de la loi maîtrisent les courages ;
Et bientôt nos enfans, soumis et glorieux,
Courberont devant elle un front religieux.

Rappelons ces beaux jours où la superbe Athènes
Instruisait ses enfans aux mœurs républicaines :
Ceux que les droits de l'âge élevaient à l'honneur
De défendre ses lois, sa gloire et son bonheur,
Dans le temple d'Aglaure accourant avec zèle,
Faisaient à la patrie un serment digne d'elle.

Fête auguste ! jour saint ! de généreux vieillards
Sur les fils de leurs fils attachent leurs regards :
Ici, plus d'une mère, orgueilleuse, attendrie,
Accompagne son fils, le cède à la patrie ;
Là, de braves guerriers disent à leurs enfans :
« Partez, et, comme nous, revenez triomphans. »

La présence du peuple est l'ornement du temple.
Un citoyen paraît, et chacun le contemple ;

C'est l'heureux Périclès : ce héros magistrat,
Cher aux Athéniens, nécessaire à l'État;
Puissant par la vertu, fameux par la victoire,
Veille sur leur bonheur, et préside à leur gloire.

Un faste solennel l'accompagne aujourd'hui,
Et les jeunes guerriers sont debout devant lui.
L'un d'eux, Alcibiade, au nom de tous, s'écrie :

« Je consacre ce glaive à servir ma patrie;
» Saints autels! saintes lois! l'orgueil de vous venger
» Guidera mon courage à travers le danger :
» Honorant nos aïeux, fidèle à leur mémoire,
» Je rendrai tout entier le dépôt de leur gloire;
» Et, réduit à moi seul, abandonné de tous,
» Je combattrais encore, et je mourrais pour vous. »

Ils prêtent le serment : mille voix applaudissent;
De l'hymne des combats les voûtes retentissent.
Socrate alors s'avance, et dit : «Dieux tout-puissans!
» Dieux justes! acceptez nos vœux et notre encens.
» L'égide de Pallas, le trident de Neptune,
» De nos armes toujours protègent la fortune;
» Par-tout avec succès nous avons combattu :
» Accordez plus encor; donnez-nous la vertu.

» Souvent, dans les combats, un heureux téméraire
» Porte une main hardie à la palme guerrière :
» S'il manque de vertu, c'est un triomphe vain ;
» La palme du vainqueur se flétrit dans sa main.

» Guerriers de Marathon ! Combattans de Platée !
» O vous dont la valeur si justement vantée
» Humilia jadis le trône du grand roi,
» Sortez de vos tombeaux, sortez, répondez-moi !
» D'innombrables soldats l'audace redoutable
» Semblait vous menacer d'un joug inévitable ;
» Mais l'audace et le nombre effrayaient-ils vos cœurs ?
» Vous étiez vertueux, et vous fûtes vainqueurs.

» Des droits les plus sacrés défenseurs magnanimes,
» Bornant votre courage aux succès légitimes ;
» Forts contre l'injustice, ardens à la punir,
» Vous frappiez les tyrans, mais sans le devenir :
» Vous aviez su donner au peuple de Minerve
» La force qui détruit, la vertu qui conserve.

» Je vois l'Athénien puissant et respecté ;
» Généreux sans orgueil, pauvre avec dignité,
» La voix de sa patrie est un ordre suprême :
» Ambitieux pour elle et jamais pour lui-même,

» Dédaignant les honneurs, et fier du dernier rang,
» Quand il sert sa patrie, il se croit assez grand.

» Que l'esclave des rois, qu'un soldat mercenaire
» Subisse du destin la rigueur passagère ;
» Il tombe humilié, vaincu par la douleur,
» Et le malheur pour lui n'est rien que le malheur.
» Mais le vrai citoyen qu'éprouve l'infortune,
» S'immole avec orgueil à la cause commune ;
» Il a pour lui son cœur, l'avenir et les Dieux :
» Pour sa patrie ingrate il fait encor des vœux ;
» Faut-il périr enfin, parce qu'il l'a servie ?
» La gloire de la mort console de la vie.

» O jeunes citoyens ! tel est le dévoûment
» Que promet en ce jour votre auguste serment.
» Vous attestez Aglaure, et son culte et son temple :
» Du plus saint dévoûment Aglaure offrit l'exemple.

» Athènes redoutait le plus fatal revers ;
» Un vainqueur menaçant lui préparait des fers :
» Loin d'elle s'enfuyaient l'espérance et la gloire,
» Quand l'oracle des Dieux lui promit la victoire,
» Si l'un de ses enfans, se dévouant pour tous,
» De l'Olympe irrité désarmait le courroux.

» Le peuple entier se tait, frémit, hésite encore :
» La fille de Cécrops, la vertueuse Aglaure,
» Dans l'âge de l'amour, dans les jours du bonheur,
» D'un sublime trépas sollicita l'honneur ;
» Et la fille d'un roi mourut pour la patrie.

» Victime justement admirée et chérie !
» Un temple magnifique, un culte glorieux,
» Élevèrent Aglaure au rang même des Dieux ;
» Et les jeunes guerriers sont venus d'âge en âge
» Offrir à cet autel le culte du courage.

» O vous qui m'écoutez ! ô peuple ! ô magistrats !
» A ce pieux serment nous ne mentirons pas :
» A la patrie, aux lois soyons toujours fidèles ;
» Osons souffrir, osons nous immoler pour elles.
» Dans le champ de la gloire ou de l'adversité,
» Notre vertu prélude à l'immortalité.
» Cette vertu suffit au bonheur de la vie ;
» Les Dieux ont un Olympe, et nous une Patrie.

» Illustre Périclès ! quand tes efforts heureux
» Dirigent vers la gloire un peuple généreux,
» Pense que nos destins, aujourd'hui si prospères,
» Sont le prix du courage et du sang de nos pères.

» Les chef-d'œuvres des arts, nos fêtes et nos lois,
» De ces vainqueurs fameux consacrent les exploits.
» Marchons-nous aux combats? leur sainte renommée
» S'étend comme un rempart autour de notre armée :
» Eh! qui pourrait alors déserter le danger?
» Leur gloire est toujours là pour nous encourager.
» Aux yeux de l'ennemi tout soldat intrépide
» Fait voir un Miltiade, ou craindre un Aristide.
» Puisse de nos exploits le souvenir heureux
» Protéger nos enfans et combattre pour eux!
» Oui, nous leur léguerons ce superbe héritage;
» Périclès! tes vertus m'en donnent le présage :
» Que ton exemple enseigne à respecter la loi;
» Sois digne de ce peuple, il le sera de toi.

» Quand Xerxès apportait la mort ou l'esclavage,
» Nos pères, tout-à-coup désertant ce rivage,
» A ce vainqueur d'un jour laissèrent nos remparts :
» Les temples, les tombeaux, les monumens des arts,
» Ils abandonnent tout au glaive, à l'incendie;
» Et c'est en perdant tout qu'ils sauvent la patrie.
» La patrie avec eux s'exile sur les mers;
» Mais, lorsque Salamine a vengé ce revers,
» Nos remparts rebâtis des mains de la victoire
» S'élèvent ombragés des palmes de la gloire.

» Si le peuple montra ce dévoûment fameux,
» Il imitait les chefs, il s'illustra comme eux.
» O des vrais magistrats autorité puissante !
» Leurs exemples sacrés sont une loi vivante ;
» Ils deviennent la règle et la leçon des mœurs :
» Le marbre parle aux yeux, l'exemple parle au cœur.

» Magistrats ! que toujours votre conduite austère
» Imprime à ce grand peuple un noble caractère.
» Ne bornez pas vos soins aux succès des combats ;
» La vertu seule assure et maintient les États :
» Des peuples conquérans si je parcours l'histoire,
» J'y vois la Renommée, et n'y vois point la Gloire ;
» Mais quand sous des revers un peuple est abattu,
» Je trouve encor la Gloire où je vois la Vertu.

» Toi sur-tout, Périclès ! tu dois un grand exemple :
» Athènes t'applaudit, la Grèce te contemple.
» Héros dans les combats, dans nos murs citoyen,
» Donne tout à l'État, et n'en exige rien.
» Oui, fais par tes vertus absoudre ta puissance ;
» Et le bonheur public sera ta récompense. »

Il a dit. Aussitôt un chant religieux
S'élève, monte, arrive à l'oreille des Dieux.